LE
MAGNÉTISME
ANIMAL,

Satire

Par le Docteur FABRE *(Phocéen),*

Auteur

DE LA NÉMÉSIS MÉDICALE, DE L'ORFILAIDE, DE L'HÉLÉNÉIDE, ETC.

(RÉDACTEUR EN CHEF DE LA GAZETTE DES HÔPITAUX.)

L'Homme est de glace aux vérités,
Il est de feu pour le mensonge.

Deuxième Édition.

PRIX, 75 CENTIMES.

PARIS.

CHEZ PAGNERRE, ÉDITEUR, RUE DE SEINE St-GERMAIN, 14 *bis;*

AU BUREAU DE LA GAZETTE DES HOPITAUX, RUE DU PETIT-LION-St-SULPICE, 8;

CHEZ Mme STOCK (CABINET DE LECTURE),

Rue de Seine-Saint-Germain, 54;

ET CHEZ TOUS LES MARCHANDS DE NOUVEAUTÉS.

1838.

LE

MAGNÉTISME
ANIMAL,

𝔖𝔞𝔱𝔦𝔯𝔢

Par le docteur FABRE (phocéen),

auteur

de la *némèsis médicale*, de *l'orfilaide*, de *l'hélénéide, etc.*

PARIS,

CHEZ PAGNERRE, ÉDITEUR, RUE DE SEINE-ST-GERMAIN, 14 bis;
AU BUREAU DE LA *GAZETTE DES HOPITAUX*,
RUE DU PETIT-LION-ST-SULPICE, N° 8,
ET CHEZ Mme STOCK, CABINET DE LECTURE, RUE DE SEINE-ST-GERMAIN, 54.

1838.

Paris, imprimerie de Béthune et Plon, rue de Vaugirard, 36.

PRÉFACE.

Depuis plus d'un demi-siècle, mort ou ressuscitant, le magnétisme tourne dans un cercle vicieux ; véritable Protée qui a pris toutes les formes, il semblait avoir épuisé tous les moyens de duperie; mais les croyances les plus ridicules se perpétuent, et si la Sibylle de Cumes relevait son trépied, elle trouverait encore des admirateurs de ses oracles ; tant ce qui a une apparence surnaturelle plaît et séduit, tant les hommes sont enclins à admettre comme démontrés l'impossible et l'absurde.

Mais, il ne faut pas se le dissimuler, la foi la plus dénuée de sens commun a pour base des faits vrais mal expliqués, mal compris, mal observés, ou exagérés par l'ignorance ou la mauvaise foi. Nul doute qu'il ne se déclarât des convulsions sur le tombeau du diacre Pâris, comme dans la communauté d'Urbain Grandier ; nul doute que des visionnaires n'agitassent les Cévennes ; le fou qui vient de se faire tuer dernièrement en Angleterre voulait aussi faire croire à la résurrection, il y croyait lui-même; mais en ce siècle la foi ne suffit plus, seule elle ne sauve personne; Courtenay est tombé sous les balles de ses compatriotes, et son cadavre n'a pas obtenu le plus mince dédommagement de merveilleux ; les prodiges ont manqué et ses sectaires ont été cruellement désabusés : nous ne désespérons pas cependant qu'un de ces jours on n'annonce que le corps du nouveau S. Lazare dépouillé de ses langes de mort a été vu montant en droite ligne et sous une forme humaine auréolée , au-dessus de la région des nuages, jadis olympe, empyrée, premier, deuxième ou troisième ciel.

Le magnétisme subit aussi l'influence du siècle , il décline. Rien de plus extraordinaire que les merveilles de Mesmer ; le somnambulisme est monté à son apogée sous Puységur et Deleuze ; alors fier et hardi, il est aujourd'hui modeste et humble ; il ne lit plus derrière son dos , ni dans ses poches, il lit devant lui , avec peine et en décollant son bandeau. Mademoiselle Pigeaire, récemment arrivée en famille de sa ville natale, qui n'est pas, comme on pourrait le croire, quelque cité sur la Garonne, mais Montpellier dans l'Hérault, a fait tout ce qu'elle a pu pour répondre à l'honorable confiance des phalangistes à fluide ; la pauvre enfant n'en peut mais, et certes il n'y aura nulle faute de sa part si elle retourne à Montpellier comme elle en est venue, heureuse pourtant d'avoir convaincu un professeur de l'École de Paris qui , après une telle merveille, n'a plus, dit-il, qu'*à se jeter par la fenêtre ! ! !*

Médecin , j'ai cru utile de stygmatiser l'imposture et de m'expliquer sur ce que je regarde comme la cause de crédulités qui paraissent d'abord inconcevables, mais que l'on comprend dès qu'on veut bien tenir compte de la faiblesse humaine, de la légèreté de condescendance ou de la cupidité de certaines gens. Quand on m'aura fait voir sur une épaule, ou au creux de l'estomac , un œil complet, nerf optique, rétine, etc., je croirai qu'on peut voir par le creux de l'estomac ou par l'épaule. Jusque-là je recommanderai de voir par les yeux de la face et de s'en servir comme tout le monde.

MAGNÉTISME ANIMAL,

Satire.

L'homme est de glace aux vérités,
Il est de feu pour le mensonge.

Il n'y a guère de magnétiseur qui, une fois convaincu de la réalité
de son agent, se fasse scrupule de s'appuyer sur de prétendues expériences qu'il n'a jamais faites telles qu'il les raconte.
(*Du magnétisme animal en France*, par A. BERTRAND, préface,
page XVI.)

Toutefois l'imagination, l'amour du merveilleux ont bien exagéré les
phénomènes du somnambulisme naturel.
(ROSTAN, *Dict. de Médecine*, en 21 vol., art. *Somnambulisme*,
page 363.)

La raison décide en maîtresse.
Mes yeux, moyennant ce secours,
Ne me trompent jamais en me mentant toujours.
(LAFONTAINE. — *Un animal dans la lune.*)

Je ne me livre point à des doutes extrêmes ;
Au firmament régi de lois toujours les mêmes
J'aime à délibérer combien d'ans révolus
Mettent à revenir les astres chevelus,
Et centre imperceptible au monde qui gravite
Je pose aux cieux errans leur dernière limite.
Dans l'atmosphère étroite au dôme crevassé
Quand d'humides vapeurs m'ont soudain traversé,
Et que s'amoncelant sous le vent qui les chasse
Les nuages épais se heurtent dans l'espace,
Prompt à saisir l'instant où l'électrique soc
Laboure un sol mouvant qu'enflamme un double choc,

2

Astronome attentif et le front dans la poudre
Je comprends l'étincelle où s'allume la foudre.
Nîrai-je la boussole au magnétique accord,
Lorsque toujours sa lame oscille vers le nord,
Et qu'attiré toujours d'une distance égale
Le fer suit de l'aimant la volonté fatale?
Sous ces faits résolus si je me tais et croi,
J'examine avec soin toute équivoque foi;
Apôtre méfiant des plus pressantes bulles
J'ai des yeux obstinés et des doigts incrédules
Sous lesquels les destins eux-mêmes cèderaient,
Qui verraient mille fois, mille fois toucheraient
Avant de convenir qu'imperceptible anguille
Un chameau va passer par le trou d'une aiguille.
Ah! si chaque athlète eut lutté comme moi,
Le Temps mieux éclairé n'eût point vu sans émoi
Vingt siècles s'amasser sur des erreurs grossières;
Promptement secoué des rongeantes poussières
L'esprit humain séduit d'une fausse clarté
Dans ses langes obscurs se fût moins arrêté.
Chêne sauvage et verd que la faucille émonde,
L'homme brut inhabile à comprendre le monde,
Plein de fange terrestre et d'effluves divins
Trouble la vérité de ses mensonges vains;
Inquiet d'une place à son âme rebelle
Il la jette au hasard dans l'âme universelle *,
Et mêle comme une ombre au soleil du matin
Sa frêle destinée à l'immense destin.
   Puis dans cet océan de vie et de lumière

---

* Le système de l'âme universelle a pris naissance dans les temps les plus reculés ; la plupart des sectes philosophiques chez les anciens l'admettaient.

Où chaque être a puisé sa naissance première,
Quand la rouille a creusé d'antiques talismans,
Qu'ardent à souhaiter d'autres enchantemens
Le monde en son dépit de la foi des planètes
Exige un habit neuf pour de vieilles sornettes,
S'il lui faut un Scapin qui des galons poudreux
Fasse reluire l'or au frac des rêves-creux,
Prôneur des lieux-communs qu'enfantaient nos grand'-
Avide zélateur de cupides chimères   [mères,
Arrivera Mesmer *, qui d'un œil effronté
Aux humides vapeurs que dissipe l'été,
Dont les jets écumeux et l'eau bouillante et grasse
Fondraient en suif coulant des montagnes de glace,
Dont aux rayons ardens chaque goutte revêt
Les couleurs d'arc-en-ciel que notre esprit rêvait,
Cherche *le germe errant* ou *la substance ignée* **,
Toile que tissera la *divine araignée* ***,
Molécule animale et fantastique aimant
Qu'on impose en despote aux sens, au mouvement,
Dont on fit et l'*archée* et la *lampe de vie* ****,
Où l'huile en s'éteignant ne s'est jamais tarie,
Qu'au foyer merveilleux d'un extatique Eden
Tente de rallumer le nomade Aladin.
    Mais des rares clients d'abord mal écoutées
L'oreille repoussant ses *cures aimantées* *****,

---

* Mesmer n'a créé du magnétisme que le baquet ; son système est une copie grossière des systèmes de Paracelse, de Van-Helmont, de Santanelli, de Maxwell, etc.

** Noms divers donnés à l'âme.

*** Bernier voulant prouver que tout est en Dieu, tout est Dieu, se sert de ces expressions : « Comme une araignée qui produit une toile qu'elle tire de son nombril, et qu'elle reprend quand elle veut. »

**** Autres noms donnés à l'âme.

***** Le premier ouvrage de Mesmer : *De l'influence des planètes sur le corps humain*, n'avait

Hercule à dos voûté d'un culte qui tombait
Du cloître St-Médard * il reprend l'Alphabet,
Du trépied sibyllin se fait un point de mire,
Et forgeant des clichets que l'ignorance admire
De ses dogmes impurs trace les prix courans,
Etablit un combat de *flux* et de *courans*,
Et dans le cœur de l'homme avec art préparée
Audacieusement introduit la *marée* **.
Le miracle roulant au trot de ses haquets
Il faut voir quelle foule assiége les baquets ;
Dans le pouce et l'index entremêlant le pouce
Le malade au malade en transmet la secousse ;
L'un tousse ou crache, ou mord, ou fait des cris perçans,
L'autre pleure ou s'épuise en rires indécens ;
Languissante d'émoi, pâle de rêverie,
Une autre de ses sens entend la voix chérie,
Et de vifs soubresauts son corps souple agité
Contre un mur anguleux se fût vingt fois heurté
Sans la main qui toujours à point nommé délace
Et conduit au boudoir que Mesmer matelasse ***.
Des touches d'un piano pur, suave et perlé
Un magnétique éther s'échappe accumulé,
Et debout, brandissant la magique baguette,

ou aucun succès ; il ne réussit guère mieux à sortir de l'oubli en appliquant l'aimant au traite-
ment des maladies ; c'est en désespoir de cause qu'il eut recours au magnétisme appelé par lui
animal.

  * Les miracles se faisaient au cimetière de St-Médard, sur le tombeau du diacre Pâris ; ils
cessèrent, dit Voltaire, lorsqu'un mauvais plaisant eut écrit sur la porte ces deux vers :

> De par le roi, défense à Dieu
> De faire miracle en ce lieu.

  ** *Flux, courans, marée*, mots dont se servait Mesmer pour indiquer les mouvements du
fluide.

  *** Mesmer avait en effet une salle secrète et matelassée.

Chaque magnétiseur, Asmodée en goguette,
Des mobiles courans multipliant les flux
Extasie à son gré de fantasques élus,
Du nectar invisible enivre ses malades,
Leur verse coup sur coup d'invisibles rasades,
Les endort, les convulse ou calme à volonté;
Et dans ce pêle-mêle à concours éhonté,
Cuve, corde, piano, malade au même gîte
Sautent comme démons aspergés d'eau bénite *.

  Sous le fertile soc dont il s'était armé
Mesmer recueille alors le grain qu'il a semé;
Comme un corail perdu qui reste sur la rive
A son large gousset l'or abondant arrive.
Obscur et vagabond il a rêvé châteaux;
De trois cent mille francs on dore ses tréteaux **!
A deux zéros de moins toute l'Académie
Par les jongleurs du jour se verrait endormie,
Et pour peu que Dubois *** et Burdin **** veuillent bien
L'extase ***** et le sommeil se donneront pour rien.

  Ah! l'on fait bon marché dans le siècle où nous sommes
De la pudeur du sexe et de l'honneur des hommes;

---

* Tout cela est exact; on peut voir la description des procédés de Mesmer et des effets obtenus dans le rapport de Bailly.

** Le gouvernement offrit à Mesmer, pour son secret, 30,000 francs de rente; Mesmer voulait mieux : il lui fallait un château dont il désignait la position; il refusa donc et feignit de partir. Pour le retenir, ses disciples désolés firent aussitôt une souscription qui s'éleva à 340,000 francs.

*** M. Dubois d'Amiens, qui a publié dans le temps un examen fort piquant du rapport de M. Husson, a été dernièrement chargé de faire le rapport sur les expériences entreprises par un magnétiseur, M. Berna, devant une commission nommée par l'Académie, et a tiré à boulets rouges sur le magnétisme.

**** M. Burdin a proposé un prix de 3,000 francs à quiconque prouverait devant l'Académie de médecine l'existence du magnétisme animal.

***** M. Bertrand, désabusé de la croyance au magnétisme, se tira d'affaire en rapportant à l'extase les effets qu'il persistait à soutenir, et tous les contes que l'on a débités sur les convulsionnaires de St-Médard, les possédés de Loudun, etc.

Un fou rêve... aussitôt monarque à courtisans
Surgissent près de lui d'habiles complaisans,
Convives agréés de la plus chère lie,
Sans cesse grandissant de folie en folie,
Qui d'un IL capital, d'un majuscule LUI
Auréolent le nom de leur Dieu d'aujourd'hui,
Christ de nouvelle espèce à morale verreuse,
Qui lâchant toute bride à la *fougue amoureuse*
De chaque vice impur ferait une vertu.
Bientôt dans la mêlée où tout est abattu
Grâce à la liberté dont va jouir la femme,
Pour l'*Ordre combiné* quittant un *Ordre infâme*
Juvénal assailli des *quatre mouvemens* *
A Messaline ardente offrirait des amans,
Lauréate d'honneur qu'attend au phalanstère
Sa palme de luxure et son prix d'adultère.
Telle alors que Louis aux burlesques Dagons,
Aux diables tremblotans envoyait ses dragons,
Une vierge des champs, prophétesse à neuvaines,
De sa langue hébraïque insurgeait les Cévennes,
Et devant son seigneur mettant honte dehors,
Grâce au Panther gascon appelé Mandagors,
A cœur édifié que la prière inonde,
D'un autre Saint-Esprit se proclama féconde **.

* Je reviendrai un jour sur le Fouriérisme, et ferai connaître toute l'immoralité et tout le ridicule de la théorie des quatre mouvemens, telle qu'elle a été exposée dans le prospectus de Fourier, qu'on a eu soin de faire disparaître et qu'il est difficile de se procurer. Je ne prétends pas attaquer ici quelques disciples de bonne foi et dont je respecte la croyance, quand elle est sincère, et les idées, quand elles sont bonnes.

** Cette prophétesse, âgée de vingt-sept ans, amenée devant M. l'évêque d'Alais, parlait grec et hébreu, comme M. le duc de La Ferté, quand il avait bu, parlait anglais devant des Anglais, qui ne comprenaient pas un mot. M. d'Alais la fit enfermer. Après plusieurs mois, cette fille paraissant revenue de ses égaremens, par les soins et avis du sieur de Mandagors, qui la fréquentait, on la laissa en liberté; et de cette liberté et de celles que le sieur de Mandagors

Tel Bailly, qui redoute un langage indiscret,
Sous son rapport public livre un rapport secret *.
Non qu'en mon impudeur j'ose afficher du doute
Sur de chastes Josephs que la sagesse arc-boute,
Sous la tentation qui restent purs et blancs,
Et les mains sur la gorge ou les mains sur les flancs
Sans quitter le cœur calme et les lèvres sereines
Sentiraient sous leurs doigts se crisper des syrènes.
Ah! qui n'absoudrait pas de tout trafic impur
Le doux, le généreux, l'innocent Puységur?
L'orme de Busançy d'impeccables ombrages **
Eut refusé la feuille à de pareils outrages.
Dût le village entier en burlesques élans
Se ruer vers le parc comme un troupeau d'élans,
Dût-on, aiguillonné d'un souffle de discorde
S'y disputer du poing une place à la corde,
Et par vingt glands humains dont un chêne eût ployé
Chaque argumentateur à son tour coudoyé
Dût-il sur son visage offrir en rouges plaques
Les traces des grelots de ces lustres opaques
D'où sortent des soupirs dont le tam-tam chinois
De ses aigres poumons imite mal la voix,
Qui de nous, envieux du bonheur de ces fêtes,
Aurait assez de plomb pour de pareilles têtes!
Sur un autre tremplin et d'un saut opportun
N'a-t-on pas vu bondir les vierges de Loudun?
　　Que ne feraient des saints que Dieu lui-même inspire?

____

prenait avec elle, il est arrivé que la prophétesse est grosse, et que l'enfant qui en naîtra sera
le vrai Sauveur du monde. (Vie du maréchal de Villars, p. 323 et suivantes.)
　　* Voir le rapport secret de Bailly.
　　** On sait qu'après avoir magnétisé le plus bel arbre de son parc de Busancy, M. de Puységur y
avait suspendu des cordes où venaient se somnambuliser tous les paysans des environs.

On les voit, s'apprêtant à subir le martyre,
Prophètes endurans qu'on livre aux GRANDS SECOURS *
Sans boire ni manger vivre quarante jours,
Et squelettes collés le dos à la muraille
Sans froncer le sourcil et sans perdre une maille
Recevoir, résonnant comme un tonnerre sourd,
Cent coups bien appliqués du chenêt le plus lourd.
D'un poids de trois milliers leur peau n'est point émue;
Sur leurs crânes intacts rebondit la massue;
Parfois à coups de bûche ils ont même enfoncé
Les bosses dont leur corps se trouvait hérissé,
Et sous l'étau de plomb d'une main alourdie,
Devins anticipés du don d'orthopédie
Ils nomment en riant *sucre d'orge* ou *biscuit* **
Le pieu qui les soulève ou le four qui les cuit.

    Beau temps où Nicolas *** enchaînait la tempête,
Où Denis décollé **** portait en main sa tête;
Où de Thom-Courtenay ***** tout disciple entêté
Sous la balle homicide aurait ressuscité;
Où loin du vain bourdon d'une presse importune
On miraculisait les taches de la lune;
Où dès qu'en son parloir un prophète gloussait
L'argent à pleines mains tombait dans son gousset;

* Les *grands secours* n'étaient administrés qu'aux vrais élus; tout dans ce que je dis est exact, et je suis bien loin de dire tout : il faudrait un volume. A travers ces exagérations, on ne saurait nier un état convulsif grave dans les convulsionnaires de St-Médard et les possédées de Loudun; un médecin ne le niera pas; mais il y a loin de là à cet absurde et à cet impossible qui ont fait dire à M. Bertrand lui-même : « L'histoire de la possession de Loudun est une histoire à refaire. » (Ouvrage cité, page 513.)

** Doux noms que les convulsionnaires de St-Médard donnaient à des instruments de supplice.

*** St-Nicolas.

**** St-Denis.

***** Fou qui a dernièrement occasionné une émeute en Angleterre; comme nous sommes au XIXᵉ siècle, ni lui ni ses disciples, fusillés par les soldats, n'ont ressuscité; son nom était John Nicholls Thom dit Courtenay.

Où popularisant la foi la plus crédule
On pouvait à coup sûr sous un œil somnambule
Comme un cristal poli distinguer au cerveau
Le mal invétéré du désordre nouveau,
Et tracer à grands traits au niveau des viscères
Et des fongus obscurs et de latens ulcères *.
Sans doute fatigué d'un procédé vieilli,
Comme un pourpoint troué que l'on voue à l'oubli
Le sceptre de Mesmer gîsait dans la sacoche ;
Et les mains dans la manche et les yeux dans la poche
On ne s'étonnait plus de ces Lévites purs
Qui lisant sans lumière et par-dessus les murs
Au dos des assistans en chiffres diaphanes
Disaient l'heure aux cadrans voilés par les profanes.
A peine cependant avait-on inventé
La *cure illimitée* et le *sel aimanté* ** ;
Sur nos chemins bourbeux on ne pouvait mieux faire
Qu'emballer le fluide en lourd célérifère,
Et Paris et Berlin par de tardifs retours
Se le réexportaient de quinze en quinze jours.
De l'*alphabet divin* à trop lente riposte
Les messages prudens n'allaient qu'un train de poste ;
Une vapeur puissante émise en nos fourgons
Ne leur promettait point de véloces wagons ;
Et je ne sache pas qu'en un ballon juchée
Jamais en parachute eût descendu l'*archée*,
Ou qu'avec Montgolfier au risque des dégâts

---

* C'est là une des prétentions les plus singulières des somnambules dits *médecins*.
** Mots et procédés mis en usage pour guérir à distance au moyen d'un anneau magnétisé, d'un simple billet à la réception duquel on tombait en somnambulisme, fût-on à mille
lieues du maître.

On l'eût évaporée à la chaleur du gaz.
On voyait bien encor quelque cervelle creuse
Applaudir au moelleux des *passes* de Deleuze *
De ses doigts qu'il secoue arrosant à droit fil
Le corps dont rien n'échappe au fluide subtil,
Qu'il baigne à *grands courans* comme en ces mers égales
Où les vents alisés écartent les rafales,
Où comme un chat rétif qu'on caresse à rebours
Jamais de la mousson n'a rebroussé le cours.

    Dans le cercle sans fin où le temps nous ramène
Quelle borne poser à la folie humaine?
Un docteur n'a-t-il pas, quelque trente ans passés,
Hardi spoliateur de nos sens déplacés,
Sur un point circonscrit de notre économie
Greffé goût et toucher, vue, odorat, ouïe;
Comme un escamoteur tire un œuf de son sac
Pététin les sortait du creux de l'estomac **.
Désormais inutile à sa cataleptique ***
La tête tout entière au centre épigastrique ****
Devine à son revers chaque carte du jeu;
Quelle sauce épicée apporte un cordon-bleu;

* Auteur de l'*Histoire critique du magnétisme animal*, publiée en 1813; M. Deleuze magnétisait à *grands courans* et faisait ses passes de la tête aux pieds.
** Le docteur Pététin, de Lyon, dans son *Histoire des cataleptiques* (la catalepsie est une ma-
ladie caractérisée ordinairement par l'insensibilité et l'immobilité du malade aux membres duquel on fait prendre toutes les positions qu'il conserve), rapporte les faits les plus extraordi-
naires. Ainsi, après avoir découvert *par hasard* qu'une cataleptique entendait par l'estomac,
il s'assura que le goût et l'odorat avaient aussi leur siège dans cette région; des mets divers pré-
sentés à l'épigastre avec les plus grandes précautions furent reconnus sans hésitation et sans
erreur. Il en fut de même des odeurs, des formes et des couleurs. Ce médecin ayant appliqué
successivement plusieurs cartes sur l'épigastre, le malade les nomma toutes successivement sans
se tromper. Elle disait les voir lumineuses, plus grandes que dans l'état naturel, et dans l'estomac!!! *Risum teneatis?*...
*** Voir dans la note précédente ce que c'est que la *catalepsie*.
**** Centre épigastrique, épigastre, noms scientifiques donnés au creux de l'estomac; je dis
tout ceci pour mes lecteurs qui ne sont pas médecins.

Quel son imperceptible à des oreilles fines
Les Orfila du jour tirent de leurs poitrines ;
En quel sol odorant une humble rose a cru,
Et pour peu qu'en juillet l'extatique eût paru
Tout obscur combattant des brillantes journées
D'une main d'épigastre eût reçu les poignées.
  Ainsi sont prodigués comme de vains *rébus*
De phénomènes vrais les mensongers abus ;
Mais qu'on cite un docteur dont l'imprudence nie
Ces faits où la nature excella de génie ?
Quand le vrai somnambule à son lit arraché
Vers un but périlleux sans péril a marché,
Que sur le bord des toits on le voit avec crainte
Suivre un sentier glissant sans y laisser d'empreinte,
Clairvoyant souvenir d'un clairvoyant passé,
Dans l'écrit incorrect que sa main a tracé
Se lit de son cerveau l'extase maladive* ;
Et de quelque couleur que le fait s'enjolive
Chacun peut à son tour de ses propres yeux voir
Ce que la raison seule aurait fait concevoir.
Faut-il avoir recours à des erreurs d'optique
Pour trouver au repos d'un bras cataleptique
Quelle force avérée ou quel ressort secret
Prête au muscle mobile un immobile arrêt,
Quand on peut librement en varier les poses,
Assister l'œil ouvert à ses métamorphoses,
Et qu'on n'a nul besoin pour tricher à ce jeu
Du fluide subtil à rayon rouge ou bleu** ?

---

* Tout le monde a lu des descriptions du somnambulisme naturel dont on a bien exagéré les effets, comme l'a dit un croyant au magnétisme, M. le docteur Rostan. (Voir l'épigraphe.)
** Beaucoup de magnétisés ont prétendu avoir vu le fluide sous la forme d'une flamme bleue.

3.

À-t-on pensé jamais à traduire au grimoire
Les singuliers écarts que subit la mémoire?
Si ces écarts parfois aux savants comme aux sots
Otent le souvenir des choses ou des mots,
Ou si de sang veineux quelque goutte amassée
Au cerveau qu'elle creuse opprimant la pensée
Du corps qui promptement meurt de la tête au pied
Comme une huile figée a glacé la moitié,
Vient-on le dos chargé d'une absurde besace
Emerveiller la foule aux tours de passe-passe,
Et fausser la formule en un codex fraudé
Comme on souffle une carte ou comme on pipe un dé?
  Ah! rejetez l'oracle où le sens est oblique;
A de sages esprits le merveilleux s'explique;
Tout est ou tout n'est pas, rien n'existe à moitié;
D'un tendre sentiment le cœur vivifié,
Quand sur un front voilé dont la paleur s'efface
Chaude d'émotion la main passe et repasse,
Et que pour exhaler l'amour, de toutes parts
L'haleine a concentré ses miasmes épars,
La vierge électrisée au souffle qui l'oppresse
Rend au sylphe léger caresse pour caresse,
Et comme sous le poids des incubes démons
Laisse battre son cœur, haleter ses poumons;
Alors le magnétisme ou l'endort ou l'éveille,
Dans chacun de ses sens fait vibrer son oreille;
Tout en elle est esprit, tout âme et sentiment,
Effrontée elle ment sans savoir qu'elle ment,
Et de son corps ému d'une sublime joie
Pas un atome alors qui ne sente et ne voie.
Mais la limite est là, qu'on la pose, il est temps;

Fats crédules arrière, arrière charlatans
Qui croyez aux accents d'une vénale lyre
De vos magnétisés escompter le délire,
Et niais ergoteurs qu'on déguise en devins
Asservir la nature à vos caprices vains!
   Ainsi quand le public à folâtre marotte
Applaudissait Potier* aux genoux de Lolotte
Dévouant aux lazzis dont il agitait l'air
Un autre magnétisme ayant pour nom Werther,
Apparut Faria ** dont la voix haute et fière
Annonçait le Messie en des flots de lumière;
Créole qui poussant l'impudence plus loin
De passe et de courant crut n'avoir plus besoin;
Confiant au succès d'une force brutale
Dictait à tout venant sa volonté mentale,
Et dont le despotisme et le regard mutin
Quelque vingt ans plus tard engendraient Enfantin ***.
En ce Paris de boue où chaque fou se vautre
Deux comédiens posés en face l'un de l'autre
Disputent au théâtre où tous deux vont jouer
Qui l'on applaudira, qui l'on doit bafouer;
En des salons brillans, près des bords de la Seine
Où le nouveau prophète avait placé sa scène,
De Faria, dit-on, les dormeurs indiscrets
Poursuivaient la nature en ses plus doux secrets,
De Lucine rendaient la coupe moins amère,
Et sur ses héritiers rassurant une mère

---

* L'acteur Potier ridiculisait d'une manière admirable le sentimentalisme du Werther de Goëthe, dans la pièce de ce nom.
** Faria était créole ; son teint basané, ses formes athlétiques, contribuaient à donner de l'influence au ton impérieux qu'il prenait ; il magnétisait pour de l'argent.
*** Chef, Messie, Dieu des Saints-Simoniens, célèbre par sa foi dans *la puissance du regard*.

Devinaient en son sein quel germe avait couvé ;
Ils lui disaient le mot d'un avenir rêvé,
Si d'un fils premier-né s'accroîtrait la famille,
Ou s'il fallait pourvoir à la dot d'une fille.
De tromper le trompeur Potier fit le pari ;
Orfraie inévitable en son lugubre cri,
Hydre qui du regard glace l'oiseau timide,
Qui l'aspire et l'atteint de son dard homicide,
Faria du sommeil despote impérieux
N'avait qu'un mot à dire et l'on fermait les yeux.
En disciple fervent Potier un jour se pose ;
Au rire du public hardiment il s'expose ;
Aussitôt le pas ferme et les sens allumés
Faria tend les mains, le regarde : *Dormez.*
Avec plus de lenteur la lumière s'est faite ;
Phryné disputait moins sa facile défaite ;
Comme le son fêlé d'un faux Philippe d'or
Potier bâille, rebâille et puis il bâille encor,
Pousse un long ronflement, et prudente momie
Il s'alonge et s'endort comme à l'Académie.
« Madame voudrait bien qu'on lui dît sans façon
Si l'enfant qu'elle porte est ou fille ou garçon,
Parlez...— « C'est un garçon ! » dit en frappant la terre
Potier dont la voix grêle a l'accent du tonnerre.—
Pontife haletant qui lève un interdit,
« Ah ! reprend Faria, ne l'avais-je pas dit ?
Répétez, cria-t-il, répétez votre oracle,
Et qu'en dépit de tous s'atteste le miracle ;
Que d'un coup de boutoir de notre volonté
Meurent le scepticisme et l'incrédulité. »
— « Un garçon à coup sûr naîtra pour la famille,

A moins que cependant ce ne soit une fille!!!»
Ainsi l'on vit naguère habile en son projet
Pétronille abuser le crédule Georget[*];
Ainsi magnétisé par de récens apôtres
Husson dans son rapport dit quelques patenôtres[**],
Et Cloquet enfonça sans arracher un cri
Dans un sein somnambule un joyeux bistouri[***].
Tel le dentiste Oudet, bonhomme qui se pique
D'appliquer sans douleur le davier[****] magnétique,
Si l'on n'eût pris à temps son néophysme chaud
Eût fait magnétiser toutes ses garengeot[*****].
Mais, hélas! aujourd'hui de sa tenace plume
Dût Berna relever d'erreurs plein un volume[******];
Dût Montpellier donner à ses propres débours
Vingt filles de Pigeaire[*******] encor tous les huit jours
Qui d'une foi naïve et d'un regard superbe
Liraient à dos tourné vingt strophes de Malherbe
Et comme un Adelon, un Guéneau de Mussy[********]
De leur sublimité nous convaincraient aussi;
Dût un nouveau rapport nous ordonner de croire
Les contes les plus bleus que rêverait l'histoire;

[*] Somnambule de l'hospice de la Salpêtrière célèbre par ses jongleries qui abusèrent Georget, homme de savoir, mais qui, dans cette circonstance, a montré une grande crédulité.

[**] Dans un rapport sur le magnétisme, à l'Académie, M. Husson a fait des concessions dont les magnétiseurs ont tiré un grand parti. C'est ce rapport que M. Dubois d'Amiens a si spirituellement rétorqué.

[***] Tout le monde connait ce fait d'une dame endormie à laquelle M. J. Cloquet fit sans douleur l'extirpation du sein.

[****] Le davier, instrument pour arracher les dents.

[*****] La clé de Garengeot, autre instrument pour arracher les dents.

[******] M. Berna a publié un volume pour relever, dit-il, les erreurs contenues dans le rapport de M. Dubois-d'Amiens.

[*******] Médecin de Montpellier qui somnambulise sa propre fille et qui vient d'arriver à Paris pour convaincre l'Académie.

[********] On dit ces messieurs convaincus : c'est un peu prompt ; mais la somnambule a lu sans yeux deux strophes de Malherbe !!! *Credat judœus Apella !*

Dût Salvandy lui-même exhumer en salmis
Des plus lointains climats trente Petriconis
Qui jusque dans le sein des mères de familles
Verraient à livre ouvert les garçons ou les filles;
Dût-on, nous arrachant aux caprices du sort,
Faire une exception des règles de la mort,
Et du fond de la Corse et sans qu'à l'heure on faille
Prédire qu'un soldat est parti de Versaille;
A jour fixe et précis quelle mortalité
De la triste Amérique afflige une cité;
D'une robuste foi qui jamais ne recule
Laisser voir dans la lune à chaque somnambule
Des habitans boiteux au museau long et laid
Qui récoltent des fruits ou qui boivent du lait
Près de ruisseaux coulant en fontaines serrées
Pour se précipiter en des mers ignorées;
Ces mêmes habitans vêtus de draps grossiers
Dont on a tout bien vu, hors pourtant les souliers *!
Aux prophètes du jour, guérisseur acrobate,
Magnétiseur actif, inerte homœopathe,
Je dirais à voix haute ou du moins à part moi:
Heureux si vous croyez, j'excuse toute foi;
Qu'on rebâtisse un temple au culte d'Arimane,
Je souffre le délire en une tête insane;
Mais Voltaire avait dit du miracle ici-bas:
« CE QUE VOUS ANNONCEZ, PEUT ÊTRE... CE N'EST PAS.»

---

* M. Petriconi, grave magistrat de l'île de Corse, dit tout cela et bien d'autres choses
plus curieuses encore dans un rapport adressé par M. de Salvandy, ministre, à l'Académie.
Après le récit de ces merveilles, M. Petriconi ajoute, en parlant de son somnambule, auquel
il regrette de n'avoir pas demandé si les habitans de la lune avaient des souliers : « J'aurais pu
demander tant d'autres choses... Mais qui peut penser à tout!... J'aurais eu besoin d'un
aide... »

OUVRAGES DU MÊME AUTEUR.

L'HÉLÉNÉIDE,

ÉPITHALAME EN QUATRE CHANTS ET EN VERS,

À l'Usage des Princes qui se marient.

Deuxième Édition. — Prix : 1 fr. 50 c.

L'ORFILAIDE,

OU

Le Siége de l'École de Médecine,

POÈME EN TROIS CHANTS,

AVEC UNE PRÉFACE ET UN ÉPILOGUE EN VERS.

Prix : 1 fr. — Deuxième Édition.

Némésis Médicale,

Recueil de Satires.

L'ouvrage intitulé la *Némésis Médicale* se composera de vingt-quatre satires de 300 vers chaque environ. Dans aucun cas le nombre de vingt-quatre satires ne sera dépassé.

Les satires qui ont déjà paru, sont :

1re satire.	Introduction.	11e —	Les Professeurs et les Praticiens.
2e —	L'École.		
3e —	L'Académie.	12e —	Les Étudians en Médecine.
4e —	Souvenirs du Choléra.	13e —	*Réveil. — L'École.*
5e —	M. Orfila.	14e —	Les Charlatans.
6e —	Le Concours.	15e —	Les Spécialités.
7e —	Les Examens à l'École.	16e —	Les Sages-Femmes.
8e —	La Patente et le droit d'exercice.	17e —	Les Hôpitaux et les Cliniques.
9e —	Les Obsèques de Dupuytren.	18e —	La Responsabilité Médicale.
10e —	L'Homœopathie.	19e —	Le Magnétisme Animal.

Les sujets des autres satires qui paraîtront prochainement sont ainsi déterminés :

Le Conseil royal de l'Instruction publique. — L'Institut. — La Phrénologie. — Les Lazarets et les Quarantaines. — Les Adieux à l'École. Conclusion.

ON SOUSCRIT CHEZ M. PAGNERRE, ÉDITEUR, RUE DE SEINE, 14 BIS; ET RUE DU PETIT-LION SAINT-SULPICE, 8.

Prix des 24 satires pour Paris : 10 francs.

Pour les départemens, franc de port, 11 fr. 20 c.

— PARIS. IMP. DE BÉTHUNE ET PLON, RUE DE VAUGIRARD, 36. —

www.ingramcontent.com/pod-product-compliance
Lightning Source LLC
Chambersburg PA
CBHW070913200626
46818CB00006BA/2513